Poèmes Divers

Pierre de Ronsard

Edition : Culturea (culurea.fr), 34 Hérault
Contact : infos@culturea.fr
Impression : BOD, Norderstedt (Allemagne)
ISBN : 9791041979707
Date de publication : juillet 2023
Mise en page et maquettage : https://reedsy.com/
Cet ouvrage a été composé avec la police Bauer Bodoni

PRENDS CETTE ROSE...

Prends cette rose aimable comme toi,

Qui sert de rose aux roses les plus belles,

Qui sert de fleur aux fleurs les plus nouvelles, Dont la senteur me ravit tout de moi.

Prends cette rose et ensemble reçois

Dedans ton sein mon coeur qui n'a point d'ailes Il est constant et cent plaies cruelles

N'ont empêché qu'il ne gardât sa foi.

La rose et moi différons d'une chose

Un Soleil voit naître et mourir la rose,

Mille Soleils ont vu naître m'amour,

Dont l'action jamais ne se repose.

Que plût à Dieu que telle amour, enclose,

Comme une fleur, ne m'eut duré qu'un jour.

QUAND HORS DE TES LÈVRES DÉCLOSES...

Quand hors de tes lèvres décloses

Comme entre deux fleuris sentiers,

Je sens ton haleine de roses,

Les miennes les avant-portiers

Du baiser se rougissent d'aise,

Et de mes souhaits tous entiers

Me font jouir quand je te baise.

Car l'humeur du baiser apaise,

S'écoulant au coeur peu à peu,

Cette chaude amoureuse braise,

Dont tes yeux allumaient le feu.

MIGNONNE, ALLONS VOIR SI LA ROSE...

Mignonne, allons voir si la rose

Qui ce matin avait déclose

Sa robe de pourpre au soleil,

A point perdu cette vêprée,

Les plis de sa robe pourprée,

Et son teint au vôtre pareil.

Las ! Voyez comme en peu d'espace,

Mignonne, elle a dessus la place,

Las, las ! Ses beautés laissé choir !

Ô vraiment marâtre Nature,

Puis qu'une telle fleur ne dure

Que du matin jusques au soir !

Donc, si vous me croyez, mignonne,

Tandis que votre âge fleuronne

En sa verte nouveauté,

Cueillez, cueillez votre jeunesse

Comme à cette fleur, la vieillesse

Fera ternir votre beauté.

GENÈVRE HÉRISSÉS

Genèvres hérissés, et vous, houx épineux,

L'un hôte des déserts, et, l'autre d'un bocage;

Lierre, le tapis d'un bel antre sauvage,

Sources qui bouillonnez d'un surgeon sablonneux,

Pigeons, qui vous baisez d'un baiser savoureux,

Tourtres qui lamentez d'un éternel veuvage,

Rossignols ramagers qui d'un plaisant langage

Nuit et jour rechantez vos versets amoureux ;

Vous, à la gorge rouge, étrangère arondelle,

Si vous voyez aller ma nymphe en ce printemps

Pour cueillir des bouquets par cette herbe nouvelle,

Dites-lui pour néant que sa grâce j'attends,

Et que, pour en souffrir le mal que j'ai pour elle,

J'ai mieux aimé mourir que languir si longtemps.

TE REGARDANT ASSISE...

Te regardant assise près de ta cousine

Belle comme une Aurore et toi comme un soleil

Je pensai voir deux fleurs d'un même teint pareil,

Croissantes en beauté l'une et l'autre voisine.

La chaste, sainte, belle et unique Angevine

Vite comme un éclair jeta sur moi son oeil;

Toi comme paresseuse et pleine de sommeil,

D'un seul petit regard tu ne t'estimas digne.

Tu t'entretenais seule, au visage abaissé,

Pensive toute à toi, n'aimant rien que toi-même,

Dédaignant un chacun d'un sourcil ramassé,

Comme une qui ne veut qu'on la cherche ou qu'on l'aime.

J'eus peur de ton silence, et m'en allais tout blême,

Craignant que mon salut n'eut ton oeil offensé.

SONNET POUR HÉLÈNE

L'autre jour que j'étais sur le haut d'un degré,

Passant tu m'avisas, et me tournant la vue,

Tu m'éblouis les yeux, tant j'avais l'âme émue

De me voir en sursaut de tes yeux rencontré.

Ton regard dans le coeur, dans le sang m'est entré

Comme un éclat de foudre alors qu'il fend la nue :

J'eus de froid et de chaud la fièvre continue,

D'un si poignant regard mortellement outré.

Et si ta belle main passant ne m'eût fait signe,

Main blanche, qui se vante être fille d'un Cygne,

Je fusse mort, Hélène, aux rayons de tes yeux;

Mais ton signe retint l'âme presque ravie,

Ton oeil se contenta d'être victorieux,

Ta main se réjouit de me donner la vie.

VERSONS CES ROSES

Versons ces roses près ce vin,

Près ce vin versons ces roses !

Et buvons l'un à l'autre, afin

Qu'au coeur nos tristesses encloses

Prennent en buvant quelque fin...

La rose est l'honneur d'un pourpris,

La rose est des fleurs la plus belle

Et dessus toutes elle a le prix

C'est pour cela que je l'appelle

La violette de Cypris.

La rose est le bouquet d'Amour

La rose est le jeu des Charites,

La rose blanchit tout autour

Au matin de perles petites

Qu'elle emprunte du point du jour.

Est-il rien sans elle de beau ?

La Rose embellit toutes choses ;

Vénus de roses à la peau,

Et l'Aurore a les doigts de roses,

Et le front le Soleil nouveau.

QUAND AU TEMPLE NOUS SERONS

Quand au temple nous serons,

Agenouillés, nous ferons

Les dévots, selon la guise

De ceux qui pour louer Dieu,

Humbles se courbent au lieu

Le plus secret de l'Église.

Mais quand au lit nous serons,

Entrelacés nous ferons

Les lascifs selon les guises

Des amants qui, librement,

Pratiquent folâtrement

Dans les draps cent mignardises.

Pourquoi doncques quand je veux

Ou mordre tes beaux cheveux,

Ou baiser ta bouche aimée,

Ou toucher à ton beau sein

Contrefais-tu la nonnain

Dedans son temple enfermée?

Pour qui gardes-tu tes yeux

Et ton sein délicieux,

Ton front ta lèvre jumelle ?

En veux-tu baiser Pluton,

Là-bas après que Caron

T'aura mis en sa nacelle ? Après ton dernier trépas

Grêle tu n'auras là-bas

Qu'une bouchette blêmie,

Et quand mort je te verrai,

Aux ombres je n'avouerai

Que jadis tu fus ma mie.

Ton têt' n'aura plus de peau,

Ni ton visage si beau

N'aura veine ni artères.

Tu n'auras plus que tes dents

Telles qu'on les voit dedans

Les têtes des cimetières.

Donc ques tandis que tu vis,

Change maîtresse d'avis,

Et ne m'épargne ta bouche.

Incontinent tu mourras,

Lors tu te repentiras

De m'avoir été farouche.

Ah! je meurs, ah baise-moi,

Ah! maîtresse, approche-toi.

Tu fuis comme faon qui tremble.

Au moins, souffre que ma main

S'ébatte un peu dans ton sein,

Ou plus bas, si bon te semble.

JE VOUS ENVOIE UN BOUQUET...

Je vous envoie un bouquet que ma main

Vient de trier de ces fleurs épanies;

Qui ne les eût à ce vêpre cueillies

Chutes à terre elles fussent demain.

Cela vous soit un exemple certain

Que vos beautés bien qu'elles soient fleuries

En peu de temps cherront toutes flétries

Et comme fleurs périront tout demain.

Le temps s'en va, le temps s'en va, ma Dame,

Las ! le temps non, mais nous, nous en allons,

Et tôt serons étendus sous la lame ;

Et des amours desquelles nous parlons,

Quand serons morts, n'en sera plus nouvelle;

Pour ce, aimez-moi cependant qu'êtes belle.

MAÎTRESSE, EMBRASSE-MOI...

Maîtresse, embrasse-moi, baise-moi, serre-moi, Haleine contre haleine, échauffe-moi la vie, Mille et mille baisers donne-moi je te prie, Amour veut tout sans nombre, amour n'a point de loi.

Baise et rebaise-moi ; belle bouche pourquoi

Te gardes-tu là-bas, quand tu seras blêmie,

A baiser (de Pluton ou la femme ou l'amie), N'ayant plus ni couleur, ni rien semblable à toi ?

En vivant presse-moi de tes lèvres de roses, Bégaye, en me baisant, à lèvres demi-closes Mille mots tronçonnés, mourant entre mes bras.

Je mourrai dans les tiens, puis, toi ressuscitée,

Je ressusciterai, allons ainsi là-bas,

Le jour tant soit-il court vaut mieux que la nuitée.

L'AN SE RAJEUNISSAIT...

L'an se rajeunissait en sa verte jouvence

Quand je m'épris de vous, ma Sinope cruelle; Seize ans était la fleur de votre âge nouvelle,

Et votre teint sentait encore son enfance.

Vous aviez d'une infante encore la contenance,

La parole et les pas ; votre bouche était belle,

Votre front et vos mains dignes d'une immortelle,

Et votre oeil, qui me fait trépasser quand j'y pense.

Amour qui ce jour-là grandes beautés vit,

Dans un marbre, en mon coeur, d'un trait les écrivit;

Et si pour le jour d'hui vos beautés si parfaites

Ne sont comme autrefois, je n'en suis moins ravi,

Car je n'ai pas égard à ccla que vous êtes,

Mais au doux souvenir des beautés que je vis.

JE VOUDRAIS BIEN RICHEMENT...

Je voudrais bien richement jaunissant

En pluie d'or goutte à goutte descendre

Dans le beau sein de ma belle Cassandre,

Lors qu'en ses yeux le somme va glissant.

Je voudrais bien en taureau blandissant

Me transformer pour finement la prendre,

Quand elle va par l'herbe la plus tendre

Seule à l'écart mille fleurs ravissant.

Je voudrais bien afin d'aiser ma peine

Être un Narcisse, et elle une fontaine

Pour m'y plonger une nuit à séjour

Et voudrais bien que cette nuit encore

Dura toujours sans que jamais l'Aurore

D'un front nouveau nous ralluma le jour.

MARIE, QUI VOUDRAIT VOTRE NOM...

Marie, qui voudrait votre nom retourner,

Il trouverait Aimer ; aimez-moi donc, Marie;

Votre nom de nature à l'amour vous convie,

Il faut votre jeunesse à l'amour adonner.

S'il vous plaît pour jamais votre ami m'ordonner,

Ensemble nous prendrons les plaisirs de la vie,

D'une amour contre-aimée, et jamais autre envie

Ne me pourra le coeur du vôtre détourner.

Si faut-il bien aimer au monde quelque chose;

Celui qui n'aime point, pour son but se propose

Une vie de Scythe, et ses jours veut passer

Sans goûter la douceur des douceurs la meilleure.

Eh ! qu'est-il rien de doux sans Vénus ? Las, à l'heure

Que je n'aimerai plus, puissé-je trépasser!